U0916490

中国首届晴耕雨读

田园诗歌大赛获奖作品集

采菊东篱下

悠然见南山

山水含清晖

清晖能娱人

曾凡华　刘继芳

主编

图书在版编目（CIP）数据

田园在上：中国首届晴耕雨读田园诗歌大赛获奖作品集 / 曾凡华，刘继芳主编，– 北京：华文出版社，2019.1（2023.6重印）
ISBN 978-7-5075-5082-5

Ⅰ.①田… Ⅱ.①曾… ②刘… Ⅲ.①诗集－中国－当代 Ⅳ.①I227

中国版本图书馆CIP数据核字（2019）第023697号

田园在上：中国首届晴耕雨读田园诗歌大赛获奖作品集
TIANYUAN ZAISHANG : ZHONGGUO SHOUJIE QINGGENGYUDU TIANYUAN SHIGE DASAI HUOJIANG ZUOPINJI

著　　者：曾凡华　刘继芳
责任编辑：李　庆　雷　平
出版发行：华文出版社
社　　址：北京市西城区广外大街305号8区2号楼
邮政编码：100055
网　　址：http://www.hwcbs.cn
电　　话：总编室 010-58336239　发行部 010-58336202
　　　　　责任编辑 010-58336277
经　　销：新华书店
印　　刷：永清县晔盛亚胶印有限公司
开　　本：889mm×1194mm　1/24
印　　张：7.25
字　　数：132千字
版　　次：2019年1月第1版
印　　次：2023年6月第2次印刷
标准书号：ISBN978-7-5075-5082-5
定　　价：78.00元

中国首届晴耕雨读田园诗歌大赛颁奖典礼剪影

中国农业科学院党组成员、纪检组长李杰人致辞

与会领导为获奖作者代表颁奖

全体演职人员和领导嘉宾合影留念 **摄影**：晓江

中国田园诗会（筹备）成立启动仪式 **摄影**：晓江

开场舞《仙子临风》 **表演者**：中央舞团高荣荣 **摄影**：晓江

吴海燕老师朗诵《我从这里走过》 **作者**：王国华 **摄影**：晓江

笛子独奏《策马扬鞭运粮忙》 **表演者：**中央音乐学院叶柔妤 **摄影：**晓江

往都朗诵三等奖作品《二哥》 **作者：**往都 **摄影：**晓江

诗歌剧表演二等奖作品《风吹麦浪》 **作者：**杨文霞
表演者：朱建伟、北京舞蹈学院王誉婷

北京朗诵艺术团团长殷之光老师即兴朗诵毛主席诗词 **摄影：**晓江

李志强朗诵一等奖作品《田园在上》 **作者**：温勇智 **摄影**：晓江

陈韵伊朗诵二等奖作品《汉宫春·油菜花开》**作者**：秦风 **摄影**：晓江

启航般之光朗诵艺术团朗诵二等奖作品《茶树帖》 **作者：**孙立本

侯志刚、蔡子莲朗诵 2018CMB（Haidian · Beijing）主题诗
《西山的葡萄熟了》 **作者：**孙学林 **摄影：**晓江

李军朗诵《归去来兮辞》**作者：**陶渊明　**古琴伴奏：**张泽　**摄影：**晓江

吟诵《诗经·木瓜》　**表演者：**北京清河中学师生　**摄影：**晓江

本书编辑指导委员会

薛　亮　李金祥　曾凡华　刘继芳　林　莽
高　昌　李建臣　冯志杰　孙学林　张力夫
木　汀　李宏伟　王国华　王　威

主　编：曾凡华　刘继芳

执行主编：黄　卫

执行副主编：苗士颖　朱建伟　往　都
闫　冰　阿　紫　郑建华
张　毅

中国田园诗会

（首届筹备组班子成员）

名誉会长： 李金祥

会　　长： 曾凡华

常务副会长： 刘继芳

副 会 长： 林　莽　高　昌　李建臣　冯志杰　孙学林
张力夫　木　汀　李宏伟　王国华

秘 书 长： 黄　卫

副秘书长： 苗士颖　朱建伟　往　都　闫　冰　阿　紫

首届会员名单

（按照姓氏笔画为序）

丁建国　马新宝　王　伟　王　薇　王永武　王吉勇　王爱民
毛雨松　文贵杰　方　刚　卢锐锋　叶申仕　叶兆辉　包逢祺
冯秀兰　冯金彦　吕春生　朱永礼　朱世杰　伍永恒　刘　杰
刘　俊　刘合光　刘江岳　孙　剑　孙立本　孙鲁梅　苏兴龙
杜　娟　李　浔　李开锋　李金龙　李致忠　李海霞　李新峰
李翰文　杨万宁　杨从彪　杨文霞　吴　辰　吴彦哲　何文上
何志勇　何海波　闵　慧　张　后　张　杰　张之楷　张立芳
张会民　张全刚　张秀娟　张钧和　张海洋　张慧慧　陈　好
陈于晓　陈加容　陈华东　陈忠仁　陈承保　陈相国　陈攀峰
邵佳佳　武保军　林　哲　欧阳银坤　金　彪　周　军
周　步　郑　立　郑　健　封期任　荆升文　胡长虹　胡世远
钟秀华　侯　涛　姜利晓　费自平　秦　凤　秦雪莹　袁　伟
袁桂荣　贾来天　原如锋　翁钦润　高怀柱　郭东海　席立娜
唐本靖　黄丽英　黄和平　梅道文　曹　杰　康承佳　寇远亮
焦立英　童紫晖　温勇智　谢沃初　赖旭辉　路志宽　解小慧
廖世剑　谭风华　谭红林　薛维敏

序

山水含清晖，清晖能娱人。美丽的田园风光，让人无限向往！绿水青山就是金山银山，而田园诗歌，是古往今来人们留住乡愁的重要方式！

中国农业科学院国家农业图书馆在2018年6月发起中国“首届晴耕雨读田园诗歌大赛”并筹划成立“中国田园诗会”，获得了中国农业科学院和全国广大诗歌爱好者的热烈响应，充分说明了田园诗歌历经千年而不衰的强烈魅力！从另一方面也佐证了党中央实施乡村振兴战略的伟大意义！

2017年5月26日，习近平总书记在致中国农业科学院建院60周年的贺信中指出，中国是农业大国，有着悠久农耕历史和灿烂农耕文化。作为农业科研国家队，中国农业科学院要面向世界农业科技前沿、面向国家重大需求、面向现代农业建设主战场，加快建设世界一流学科和一流科研院所，勇攀高峰，率先跨越，推动我国农业科技整体跃升，为实现“两个一百年”奋斗目标、实现中华民族伟大复兴的中国梦作出新的更大的贡献！这是总书记的嘱托，更是全国人民的期望！

国家农业图书馆作为国家和中国农业科学院的重要文化阵地，在服务中国农业科学院乃至全国广大农业战线的工作中，理应在创新文化建设中，发挥主观能动性，充分调动全院广大科研工作者参与文化创新的积极性，让大家在紧张的科研工作之余，能够找得到文化、找得到品味、找得到归宿！

这次诗歌大赛的成功举办，就是国家农业图书馆创新文化建设和科技文化深度融合的一次有益尝试。获奖作品集《田园在上》的出版，有助于促进农耕文明的交流和发扬，陶冶农业科研工

作者文化性情，以更加饱满的热忱和昂扬的斗志投身乡村振兴建设。

全面支撑乡村振兴是中国农业科学院的光荣使命，是发挥国家队作用和优势的主战场。在举国上下纪念改革开放40周年之际，国家农业图书馆举办田园诗歌大赛并把优秀作品结集出版，具有重大而又特殊的意义。期望国家农业图书馆在今后的工作中，开拓创新，积极进取，更加重视创新文化建设，取得更大的成绩！

中国农业科学院党组书记

张合成

2018年12月18日

出版前言

田园诗歌，是古往今来诗人们诗歌里的一项重要内容。无论是陶渊明的“田园将芜胡不归”还是辛弃疾的“稻花香里说丰年”，无不带给人们对田园生活之美的享受和向往。农耕文化是中华文明的贯串线，中国田园文化是中华文化宝库的栋梁，田园诗歌是中国田园文化桂冠上的明珠。

2017 年 5 月 26 日，习近平总书记在致中国农业科学院建院 60 周年的贺信中提道：“中国是农业大国，有着悠久农耕历史和灿烂农耕文化。农业现代化关键在科技进步和创新。”2017 年 10 月 18 日，“乡村振兴战略”明确列入党的十九大报告中全面建成小康社会决胜期“五大建设”中的“七大战略”，进一步确立了“三农”工作是实现两个“一百年”奋斗目标和中华民族伟大复兴的关键节点，也是新时代中国特色社会主义的重要内容。中国农业科学院广大科研工作者在习总书记的贺信和党的十九大精神指引下，不忘初心，牢记使命，开拓创新，砥砺奋进。

为了纪念习总书记贺信精神落实一周年，国家农业图书馆主办了“首届晴耕雨读田园诗歌大赛”，并借此发起成立“中国田园诗会”，旨在歌颂农业，讴歌农村，赞美田园生活，倾情于构建“绿水青山就是金山银山”“看得见山，望得见水，记得住乡愁”的现代化美丽乡村建设，推动中国主流诗歌的人文情怀与人民群众美好精神生活相观照。

本次征文活动得到了全国田园诗歌爱好者的积极响应，共收到参评作品 8500 余件。参赛人数达 1100 余人，其中有农民、部队官兵、政府机关公务员、科研院校师生、农业科技基层工作者、社会团体工作者以及自由职业人，既有 10 岁之稚语学童，也有 70 岁之古稀老者。提交的一件件作品，讴歌乡村文化，赞美田园生活，多角度切入田园诗歌的内涵，展现出一幅幅祖国田园诗情的画卷。

2018 年 7 月 21 日下午，中国首届晴耕雨读田园诗歌大赛颁奖典礼在中国农业科学院国家农业图书馆报告厅隆重举行，中国农业科学院党组成员、纪检组长李杰人到会并讲话。中国蔬菜协会会长薛亮、国家新闻出版广电总局规划发展司副司长李建臣、中国农业科学院直属机关党委副书记马秀勇、农业信息研究所党委书记刘继芳、北京朗诵艺术团团长殷之光以及北京市海淀区文化委员会、中国诗歌学会、北京诗词学会、《经济》中国特色小镇研究院、北京市海淀区作家协会等单位的领导、艺术家、获奖代表和首都田园诗歌爱好者共500余人共同欣赏了这场田园诗歌界的视听盛宴。

在颁奖典礼上，来自武汉的国家一级播音员吴海燕老师朗诵的《我从这里走过》一下子将全体观众引入到祖国无尽的美丽田园风光；著名朗诵演员李志强深情朗诵的一等奖作品《田园在上》，催人泪下；原中央人民广播电台长篇小说连播组播音员朱建伟老师创新艺术形式，编辑并演诵了二等奖诗歌《风吹麦浪》，意境高远；在琴声悠扬中，《归去来兮辞》的朗诵让人仿佛又回到了陶渊明笔下的田园风光；《西山的葡萄熟了》则歌颂了创意开放、走向世界舞台的山水海淀；北京朗诵艺术团团长殷之光老师在会上诗兴大发，即兴朗诵了三首毛主席诗词，将整台演出推向了高潮……整台节目形式多样、艺术水准很高，深刻诠释了古今田园诗歌的意境和魅力！在颁奖典礼上，还举行了中国田园诗会（筹备）启动仪式。

应广大读者的热烈要求，我们将此次大赛的优秀作品结集出版，旨在让更多的农业科研人员及田园诗歌爱好者感受到文化的魅力和神采，促进科技与文化的高度融合，让诗的激情引领创造的梦想，让创新的意识激发诗的灵感和豪放，让诗心根植于每一位农业科研人员心中，让诗歌之花盛开在祖国的田园大地上！

编　者

2018年12月

田园序诗

黄卫

我从这里走过
把梦想装进行囊
向田园之上
寻找心灵的方向

汗水浸透这片土地
而风
把麦浪吹起
尖尖的麦芒中央
深藏着古老的天涯和星光

归去来兮
何不一起吟唱
在春风十里的江南
朦胧的旗袍和油纸伞
看油菜花开
闻一闻明前茶叶的清香

西山的葡萄熟了
诵者的声音
将火热的诗情点亮
每一个字每一段篇章
都串起祖国乡村的无限风光

天风海雨中
赶紧趁着
诗酒浇灌了的年华
醉他千场万场

目　录

一等奖

二等奖

三等奖

优秀奖

田園在上

田园在上（组诗）

温勇智

1

田园在上，我在下
只有一株庄稼的高度

祖先，在黎明前敞开心扉
给田园播种乡情里的情绪
田园风光，他就风光
田园荒芜，他就荒芜
蜜蜂、蝴蝶暗识乡愁的路径
一端与田园相连，一端与灵魂的去处相连
捡起一串麦穗，抑或稻穗撑起整个天空
我们在田园的摇篮里
把爱念得熟稔

2

手掌抓紧大地，一定有一株庄稼
在风中摇曳，里面藏着古老的星光和天涯
想流泪，就用庄稼上的露水诉说衷肠
想欢笑，就用庄稼上的花穗盛放爱情
想飞翔，就用庄稼上的果浆敲响大地

田园，唤着远方的亲人

一缕炊烟升上天空
庄稼脱下绿色外套，再次以最简单的方式证明
家是我们最初情定的地方

天空高远，田园渐显开阔
爱田园的人，将成为田园深处的另一片叶子
在清风之上，喧嚣之外
用最朴素的形式撼动大地

3

和田园立下的生死契约
凹凸处历史的曲线
汉字穿梭其间，草木知道兴盛的出处
田园在上，我们得以佑护
田园该是绿色的，风该是绿色的
呼吸该是绿色的
田园啊，我愿意像一株庄稼一样
每天为您闪烁着绿色

现在，田园里的经卷已经打开

我能听到自己脚步的回声
念想里的一首诗，默念着家园
一夜疯长的乡愁，葳蕤成一道绿色的风景
田园的勋章

小楼连苑·塞罕坝印象

薛维敏

由来北控山川险，南拱京师门户。云生霭霭，花开灼灼，眼迷佳树。林海浮云，丹霞染碧，草尖滴露。忆当年荒漠，征鸿欲下，黄沙起、阴风怒。

塞上风霜几度。战洪荒、汗流如注。山明夙愿，水翻新曲，风云吞吐。塞罕坝人，情倾荒野，送迎朝暮。念征途未歇，初衷不改，青山鸣趣。

新疆天山风光

二等奖

风吹麦浪

杨文霞

吹过来，吹过去
这会流动的金色色块
按住荒草的宿命，把内心的锦绣掏出来
我复议这色块的柔暖
像把心里最珍贵的东西融化
用丰满占据内心的辽阔

风追过来，我迎着奔跑
金黄的麦子就会倒向我的怀里
我是这大地最富有的帝王
在春华秋实之间
早已埋下时光的伏笔
感动着我，热泪盈眶

风吹麦浪，发育为幻景里真实的感觉
每一株麦芒之上，都安居一粒光的歌吟

灵魂的稻香（组诗）

冯金彦

父亲与水稻

每逢春天，父亲便跳进稻田
直到稻上岸了，父亲才上岸
父亲习惯给自己找一些新课题
堆在稻田里
父亲把自己生命的一部分丢进田里
然后看它们慢慢长成稻粒
只是，稻明年还会来，可父亲不行了
父亲成为稻田旁的一座孤坟
是夜坐在坟边听淙淙的水声
依旧是父亲在和稻长谈

根的故事

稻的根在地下，我在地上
地下的故事有多少，我不知道
稻的故事有多少，我也不知道
自从父亲葬在稻田边之后
稻，这些地下的根
这些父亲的邻居，才让我关注

地下的世界是怎样的，我也不想知道
反正，我知道是你们用肩膀

把一个春天抬高了
兄弟，我想拜托你的一件事
帮助照顾一下我年迈的父亲

让自己成为一棵稻

让自己成为一棵稻，或者
像稻一样活一天
只活一天就够了， 一天
我们就知道了，做一个人不容易
做一颗庄稼，也不容易

土 地

关键是，给了我生命的土地
却一次埋葬了我的父亲
一次埋葬了我的母亲
我和土地之间的恩恩怨怨
依旧无法和解

江西新余梅潭村

故乡的天空

——新潮田园诗

廖世剑

故乡的天空
真的不能再低了
再低就会压着我脊梁……

混浊月光的夜晚
我难以弹唱
没有蛙鸣
笛声怎悠扬
幽幽冷艳的星光
增添了我许多迷惘和惆怅

故乡
是希望里的一棵草走向一片绿洲
是渴望里的满头青丝活到两鬓成霜

我粘贴出水芙蓉的清香
憧憬竹笋拔节的声响
在梦中一次次心跳，呼唤
还我一片孩提时蓝蓝的天空
我要背上爱的行囊
回到我思念的故乡……

茶树帖

孙立本

一片一片叶子，以嫩绿的事物带我到达
偶尔一枚，采下来就是我了
阳光雨露中，我有竹子的风骨
晨钟暮鼓里，我有梅枝的淡雅

每一条生活的路，都是一杯跌宕起伏的水
我是经过春雪的山泉
也是几缕嫩芽的融入

明前的我，从郁郁葱葱的树冠
落向波光粼粼的人间

茶树总对我有一种强烈的吸引力
我喜欢在梅雨里，徜徉在茶树间
用一片叶子旷世的清香
滋润和整理我
纷乱的心绪和记忆

仿佛它们通过一棵棵茶树，向我敞开了窗子
消弭了距离感，鹤山的外面
通向另一个世界

当我像一片水草，浮在尘世的水面
当我像一杯透明的水，以几克新茸涤荡

一颗人间烟火的混浊之心

我软软地吹过水面，像风
轻轻吹过青草，一层一层的涟漪下面
是我嫩芽一般的身体
我是一杯清澈的水，但我是空虚的
我找不到自己的源头和归宿
找不到真水里香的痕迹
我的灵魂去了哪里

每一次，我被生活虚度，被落日
和朝霞的光芒消耗
仿佛我草芥般的心，从未被
美好和纯洁的事物爱过

每天一壶的茶汤，滋味格外甘滑
精密细长的条索里，我像一瓣
被生活打压和缩小的心
又重新回归到大度和坦荡

村　居

赖旭辉

闲居村野里，何以洗尘心？
泉水流佳趣，松风送妙音。
酒香庭外柳，茶暖室中琴。
入夜清光起，悠然捧卷吟。

汉宫春·油菜花开

秦　风

三月芸薹，透清新陌上，风信传芳。山村水郭，漫饮春味如浆。东君手笔，蜜饵奢、引那蜂忙。如锦簇、梯田旋叠，铺陈四下清香。

野望参差秀色，更风情暗许，嫁了农桑。陂塘篱落，谁个赚取金镶。无他矫饰，只相萦、南亩当床。花盛矣、春幡袅袅，盈盈胜日新妆。

西藏油菜田

春的气息（组诗）

黄和平

春天来了

紫荆花，杜鹃花，还有山茶花
在田野里竞相开放
她们有开出的忧伤，也有未开出的疼痛
像极了昨晚你我想要说出
却还未来得及说出的那些话
花瓣上沾着晶莹剔透的露珠

油菜花开黄家村

在黄家村
油菜花开满整个山岗时
天空会情不自禁地下一场雨

雨后的油菜花
被风摇落一地
这儿一片金黄，那儿一片金黄
遍地像泼洒的黄金

如果这时，你正好打那儿经过
听到一只蛐蛐的弹唱
就会唤醒一段青涩的回忆
想起一个人的乳名

兰溪的油菜花

在兰溪
在这个春光明媚的三月
一阵风儿吹过
油菜花就铺天盖地开放

她们开在了山坡
开在了田间地头
甚至开到爷爷奶奶的坟前

她们纯洁，朴实
不懂得修饰自己
却将最真诚的爱
根植于这片黄色的土地

结出饱满的果实
心甘情愿地等待着
一把镰刀来收割

旷野

起风了
油菜花正黄上加黄
一瓣，又一瓣地飘落

轻轻地
飘落在绿色的旷野
在油菜花搭建的金色帷幔中

你我只需顺着风声
看这千万朵油菜花
集体掀起金黄色的波涛
随着风声高低起伏

听一只秋虫的吟唱
悄然地住进心里
消失在风中，消失在这茫茫的旷野
这一生就已足够

到了春天

到了春天，我出门见到一种花都想
像她们一样撕心裂肺地开一次
到了春天，一条河流总能绕过岁月的臂弯
找到我，风总是徘徊在枝杈间
似乎与大地有说不完的情话

鸟儿栖落枝头
它们好似并不急于飞向远方
而是尝试着以不同的方式
在空中画出各种优美的弧线
来唤醒千里之外的乡愁

并告诉我，其实远方并不远
它就在你的眸子里，在取之不尽的山水间
在一滴泪滑落叹息的瞬间

天气预报（组诗）

王爱民

雪

一场正在赶来的大雪
先是卡在父亲的骨缝里
之后下到了母亲的头顶

雨

雨穿着雨鞋，轻扣瓦片
自己把自己读湿

蛙鸣
是一句比一句新鲜的谚语
无数心跳只为一跳

水命的蘑菇蹬开棉袍
妹妹打把伞
去捡回满地的小伞

雷电

快刀
把一截乱动的雷鸣剁碎
云空得
只剩下手里的风了

他有神来之笔
像小学老师说的
学习开窍了
就像捅破一层窗户纸

风

在我的骨缝里
拉一盘碾子磨
拍出我身上残留的土

用方言
把我的小名一天天喊大
风吹啊
把我一天天吹弯
风吹啊
吹我成一阵更轻的风

霜

爸爸弹落的一辈子的烟灰

最先落在草木上
虫鸣上
然后落在一个人的心里
比月亮白

无意中
会跑进一个人小时候的名字
霜花满地

我只认叫家乡的这一朵
想家的人一夜白头

雾

雾使人变轻
在雾中
我们要好好揉揉眼睛

雾啊雾啊，有多少轻纱
在前面不远处的山腰等着
像母亲挥动的手

新疆白巴哈风光

江西新余彩色村

三等奖

向一株庄稼学习热爱

陈于晓

大雪纷飞，转眼春暖花开
简简单单的田野，转瞬
就变得斑斓复杂了

时光像匹小马驹，时而温驯
时而撒野。我过往的日子
不知道，被它弄丢到哪儿了

呼吸不再均匀。绿色疯长
我所熟悉的庄稼，还是去年的模样

春红夏绿秋黄冬白，乡村这本书
我又将翻回到第一章节，开始阅读

一顶草帽晃了一下，我疑心
是父亲在田野中走动，去年的脚印

今年已发芽。只有一条田垄仍是沧桑的
花花草草，也掩饰不住它满身的青苔

村口相遇的白胡子老人，一定是
那株老银杏变化的，村中祠堂
那块“耕读传家”的牌匾
也一定是他，又重新擦亮了一遍

耕与读，在晴与雨之间
田野与村庄，村庄与远方，都在
耕与读之间。在深夜，当我们把一片月光
命名为虫鸣，被虫儿噬咬着的，叫乡愁
从日子深处牵出的耕牛，正犁开
农家乐的封面，它在一盏红灯笼下走神
从前的萤火虫，现在叫万家灯火

我知道，田园是允许我们走神的
尽管，田园自己从不走神

当我说出要向一株庄稼学习方言和热爱
一种叫根的东西，先是扎疼了乡土
然后，就深深地扎疼了我的内心

故乡情韵（组诗）

封期任

故乡

研墨作诗，故乡在眼前
平仄中，走出亲人的脚步
端起茶杯
可以听到父亲咳嗽的声音
和母亲熟悉的叨念

有风，那一定来自故乡的山间
风里，故乡清晰可见
深情的土地，有着芬芳的稻香
和知了的欢唱

合上诗，沧桑的文字里
故乡，缩成了一轮月亮

乡亲

上古的文字
嵌满田畴嵌满地块
山川上，流淌着
一幅画的意境
——腰，压不弯
汗，流不尽。蘸着
纯朴的情感和粗狂的个性

风雨中勾勒出，对土地的敬重
对生命的景仰

洗锄的父亲

河边，您安静地蹲着
无视闲游的鱼，衔走思绪
用额头低落的汗珠和脚下的流水
反复地擦洗被诗人们，咏为生命的锄头

锄头，不是远古的竖琴
却能弹奏翻飞跳跃的音符
也不是前朝的诗歌，却蕴藏着大地的旋律
更不是诗人的笔头
触摸到大地的呼吸，与高亢的脉搏

您的哲学，朴素得
让我们惭愧，您望到田垄的葱绿
笑意，写满您沧桑的脸庞

思乡情

潜入心海的月，酣睡
灯，还睁着眼睛
虚掩的门窗，任乡情像藤蔓疯长
逶迤地裹缠着无眠的星星

悉数在家乡的日子里
河水总是那么平静，可是
远在他乡时，记忆中的小河

在心底荡起涟漪

梦，一夜一夜地
从窗前的风铃上滑落
心的篱笆
开满了泣血的鹃花

思乡曲

卢锐锋

叶凝霜
秋草僵
远行游子欲断肠
隔千里
望故乡

望故乡
月扣窗
每逢佳节倍忧伤
别已久
想爹娘

想爹娘
心彷徨
一壶浊酒话短长
杯杯满
照残妆

照残妆
魂远航
飞渡关山暖寒床
梦里笑
泪却凉

石塘小渔村，幸福的词典

黄丽英

一个小渔村，用自己恒久的风情，坐落在
自然的山海之间，于是就有了
行走的美和飞翔的羽毛
这里的白云蓝天，这里的一村一街
都是旖旎美景的风向标
那些充满灵性而又有力量的石头
或坐，或卧，或摞起，或铺开……
分明是绵延在时光里，行走的灵魂
大海的牵引是一个奇迹
让每个人的举止和心境，漂泊成一种
沉稳的智慧和科技的力量

一个小渔村走动的声音，在辽阔的大地上
放着光芒
仿佛是一本氤氲着芳香的幸福词典
山水风光的美，茶余饭后的香
大海的典藏和馈赠，成为一首
充满民俗和风情的歌谣

蜗居

焦立英

柴庐花隐绿初肥，种地书生爱晚归。
窗小不关凭月照，门低半掩任风吹。
三更星暗秋虫静，四壁画开仙子回。
琴韵墨香隔世许，青须拈断纸一堆。

一品稻花香

吴彦哲

创业全凭手一双，田园种出好文章。
春耘秀色三千亩，秋获馨香十万行。
每忆醇淳风如美酒，还思沃土若亲娘。
泽深不逊江河水，载得儿孙梦远航。

黔东南从江县稻田

插秧

张全刚

面对大地的温润
深深鞠躬
擎一炷虔诚的香烛
在泥土里
种下一年的希望

生命
一旦亲吻土地
就像
孩子扑进母亲的怀里
欣喜，安详

努力
在自己的命册
书写横平竖直的人生
把未来
雕刻成一袭云裳

抬头
抹一把额角的汗滴
似乎
已经嗅到稻米的清香
快乐，在心里肆意疯长

野渡

秦雪莹

野渡流江火，停桡近水涯。松风摇岸竹，游鹭点汀沙。
月起菱歌淡，芜深驿路遮。炊烟何袅袅，隔浦有人家。

丁酉秋韩江江滨农庄寻芳

翁钦润

幽篁隐约鹧鸪声，野圃寒塘水碧澄。
芳径踏歌消耿耿，秋江泛棹忘营营。
霜鳞踊跃餐漂蕊，黄雀翩跹啄落英。
云绕烟村人自在，遍栽篱菊学渊明。

最爱我的农村

何志勇

——每说到这，母亲就止不住
抖动下颌，蒙河水就止不住巨浪腾空
我们，会再次按住
保守了两年多的秘密

把远方还给远方
让风景退出风景
走入母亲天空的，只有村里新添的
坡屋顶、吸水砖、小广场、太阳能路灯……

我们不断与时间争夺
与秋风周旋，以母爱的一部分
拖住枯立枝头的霞光
以家乡蝶变的鼓点
压倒母亲体内强大的对手

黔东南从江县岜沙苗寨

我有一种忧伤

谭风华

我有一种忧伤
悄悄生长在故乡
当我长年漂泊在外
枝头结满酸涩棠梨

故乡是一眼望不到边
凝固的海洋
所有的波涛都已冻结成绿色翡翠
所有漂泊疲惫的桅杆都不约而同搁浅
并在土壤里纷纷长着胡须

如玉的山在哭泣
像春天里的冰在融化
融化成小溪
布谷鸟仍把每一个异乡人错当成屈原
一遍又遍地问：归不归哟归不归
我有一种液体叫童年
像盐
溶化在透明的记忆里

我有一种忧伤是液体
一条长年被蜂蜜和花粉污染的河
从不曾纯净过
从不曾被禁锢在塑料瓶中
河里的鱼喝着这种忧伤长大
都非常长寿

山是位原生态摇滚披头士
山岚呼号，是山歌嘹亮
树是疯长的头发
我曾经用磨砺过的柴刀
一遍遍为桀骜不驯的歌手理发

月亮是我离家时
送给山的定情物
风是我送给山的定型摩丝
萤火虫闪烁着我的一种忧伤
被一年一度迁徙的大雁衔走
小鸟是长着翅膀的跳蚤
在森林里自由地歌唱
虱子是撞断犄角的水牛
用嘴唇收割着河畔青草
蝴蝶是长着翅膀的花朵
蜻蜓是随时准备迫降的云
青蛙在稻田里集合擂鼓厮杀
重温冷兵器时代的辉煌和荣耀

我有一种固态的忧伤
像暴雨前的蚂蚁
像蘑菇
纷纷从地底钻出并爬到树端
结成果子

在远离故乡的地方
城市的灯盏夜夜怒放
忧伤就像记忆里的棠梨
一年一度
酸涩满枝

养蚕记

杨万宁

春天的阳光照进蚕房
春天的桑叶又鲜又嫩
蚕在床上织梦
躺在时光的最上层

养蚕就是养育时间和童年
蚕一点一点咬噬着桑叶
轻声唱着春雨沙沙
雨声里，我和邻家女孩
跳房子，捉迷藏，过家家……

一片一片桑叶进入体内
蚕宝宝养得白白胖胖
吐出银白雪亮的丝
编织成一间圆圆的小房子
却把自己关在里面

一次次作茧自缚
变成蛹
一次次破壳羽化
化为蛾
蚕在生死往复间获得新生

养蚕是春天里的一次救赎
以一枚茧约定婚姻

娶回一只锦缎加身的蝴蝶
然后，把春天扶上马背
沿着丝绸之路
走天涯

春夜见家山照片感吟

闵慧

自别家山后，漂流已十年。
新枝生感喟，宿雨道哀怜。
顾影伤须鬓，临窗起杜鹃。
春风知稼穑，吹绿入诗篇。

从前慢

侯涛

从前慢
木火做饭
日月星辰映炊烟

从前慢
井水洗脸
江河湖泊水清浅

从前慢
炼石问天
茫茫东海粒粒填

从前慢
南阳日暖
茅庐三顾方得见

从前慢
兰亭曲水流觞宴
临文嗟悼论修短

从前慢
诗人孤山两不厌
花间独酌一壶眠

从前慢
丝路驼铃霓裳远
清照深庭梦楼兰

从前慢
思归羁人夜抚弦
未闻鸡鸣已三遍

从前慢
缓磨香墨轻洗砚
茶气氤氲待鸿雁

从前慢
添香红袖羞掩卷
青丝白发徐徐恋

从前慢
动心忍念
一阕天高任云淡

北京延庆柳沟村

七律·小村之夏

张秀娟

百草环村隔日长，新槐缀玉满枝香。
小荷探角初匀色，冬麦扬花始灌浆。
帘卷残红虫语寂，农耕薄暮晚风凉。
无边沃土无边绿，几处牵牛爬上墙。

青藏的青稞（外一首）

杜娟

一茬青稞，犹如五百年前的时光那样形成
它在旷野里有秩序地站立
从钻出土地就在抒情，铺展开粮食的声音

阳光有意走进，几只鹰从大片的青稞地里起飞
鹰冲到天空的对面，它证实不了一切
只有蓝天一再深刻，这种深刻
让鹰以及其他事物，形成了一个与另一个细节

那些低头吃草的牛羊，它们不会太注重
现实的逻辑，不需要了解繁华生活里人与人之间的较量
天依然在蓝，草原像一片没有象征的云
简单的过着一个个朴素的日子

青稞尊重青藏的风，尊重头顶稀薄的氧气
它单薄的身体里有高原的脾气
在甘南，青稞一直是有意义的粮食

青稞生长着理由，青藏有了青稞
同时就有了正确的表达

阿万仓草原

我注定要经历那么多草
浓雾、和睡眠中的鱼

一些潜伏的阴郁在天空匍匐
它们迎风，曾经漫过前方的山

玛曲习惯了阿万仓早起的鸟鸣
包括大量的乌云和宁静
鸟在高处飞，解不得野花的万种风情

一块草地占据了千转百回的溪水
大量的草无所事事
牛羊不惊不宠等待草叶的语言
天空中，一些变调的声音柔软而迟缓
草原轻易超越了我，超越了时间
在夏天的章节里接近蓝天

大风被来了又去了的小溪搬动
云朵走不出自己的祖籍
记忆中与鹰进过食，与花朵共枕眠

前方的雪山挽留这块土地
它揣不住时间，岁月不可复制
融化的雪水流过我身边
去纠正正在生长的植物

夜晚，星星刚转过身，寺院的钟声传来
像一个理由在原野四散开来

---

* 阿万仓草原，位于甘肃省甘南州玛曲县。

大地上的梦想

钟秀华

从春天出发，手握谷种
怀着一季的热爱
和素朴的感恩
奔赴一万个村庄

在时光中行走
想起泥土
想起那些期待的眼神
汗水便开成花朵，把田野
装点得无比浓郁、清冽和芬芳

我们看见一天天青枝绿叶
我们看见音符在谷尖上跳荡
我们看见人们把果实运往粮仓
内心的灯盏
照亮年画里的丰盈和亲娘

丰收的秘密来自何方
来自乡村的召唤
来自感恩，爱以及耕种
足印里，留下我们最温暖的部分

时间，走到季节的路口
秋天的稻穗，被人类收藏
分享大地无边的梦想

故乡有条弯弯的小河

解小慧

故乡有条弯弯的小河
河边长着青青的绿萝
清澈的河水伴着我们孩童的嬉戏
深深的河谷涨满童年的笑语欢歌

故乡有条弯弯的小河
河边长着青青的绿萝
绵长的河岸留下我青春的足迹
徜徉流连两岸风光秀美的景色

故乡有条弯弯的小河
河边长着青青的绿萝
那个岸柳枝叶繁茂的季节
母亲打理行装把我送上远行的牛车

故乡有条弯弯的小河
河边长着青青的绿萝
生活的轨迹离小河渐行渐远
人生的道路上我成了一个不敢停顿的陀螺

故乡有条弯弯的小河
河边长着青青的绿萝
风雨无情地冲刷岁月的痕迹
小河时时把孤寂的心灵抚摩

故乡有条弯弯的小河
河边长着青青的绿萝
越是经历世事沧桑
越是怀念故乡的小河

北京官厅水库

二哥

往都

山村的吊脚楼、炭火、一双解放鞋
还有走不完的山路
望不尽的雷公山
深深地烙在你的心里

那年我来了
远远就看见你的微笑
灿烂而虔诚
天空的启明星，你的眼睛
守望着亲人和稻田

又是秋风拂过时
屋里飘来醉人的酒香
屋外金黄，稻谷满仓

田间晚归

高怀柱

风起林先暗，云飞月渐明。
岸边车每过，柳上鸟时惊。
归晚逢渔叟，言多话市情。
村中灯已亮，四野息人声。

黔东南从江县岜沙苗寨

優秀獎

菜花开

文贵杰

无非是一大片金黄
在田野里，浩浩荡荡
要打败我眼里的春色

十棵百朵千棵万朵
不亚于十面埋伏
我只能放任春风，与
嘤嘤嗡嗡的蜜蜂，周旋

油菜花开，还在开
一直开到，我在春雨里
落荒而逃，只好
向一路还在雨中
响得噼噼啪啪，炸开的
菜花花苞，认输

我站在村后山坡上，呼着
攻占在眼里的金黄，那些胜利的
金黄呀，是我
不得不向春天投降的理由

村庄，就是一枚图钉

武保军

我的村庄
小小的村庄
钉在土地上的图钉
小的只有故乡的人熟悉
麦子每年都泛黄
村庄的气息在麦浪中穿梭
很像麦田里一只东奔西跑的兔子

坐在打麦场
倾听一种汗水
天很蓝，温度很高
赤裸的脊背很结实
我的粮食，我的空气，我的底气

村庄在月色里洗浴
月光是最好的雪花膏
在月夜里睡眠
晚风是指挥家
村头的树枝弹奏夜空
星星的乐谱很醒目

融进村庄的月色里吧
推开村庄的大门
炽热迎面而来

把你拥进金灿灿的笑声里

永远得回去
不能在没有驿站的角落里落泪
村庄的麦秸可以取暖
土地可以燃烧
金色可以燃烧
炊烟可以燃烧

小小的村庄哟，不能把她轻觑
能放得下我们就够了
让炊烟包裹起来，我们挺温暖
你会舒舒服服睡着
一滴口水落在麦子上面
枕着滋润而发的麦芽

把心中的图钉
钉在村庄的墙壁上
有个挂钩，挂住自己的笑脸

晴耕雨读

郭东海

阳光和雨水，都有好事情可做：晴耕雨读
亲吻脚下每一粒芬芳的泥土
把古老的乡村翻新，把过多的粮食出售
或者干脆无偿捐献，用闲下来的时间写诗
我要完成一本自我欣赏的山水书
山水一样的光明，山水一样的幸福
我的窗打开，外面的万物请进来
我的门不关，远方的朋友请进来
我也是一朵飞行的花
我也是一个甜熟的果
爱我的人可以放心摘取
恨我的人更加贪婪地吃
我写下“锄禾日当午，汗滴禾下土”
我写下一页李白，一页杜甫
我也在南山下种菊
阳光暖暖的，雨水凉凉的
我喜欢这样的生活：晴耕雨读
在山水之间，在屋后静静地画竹

薅草

郑健

总是有一撮顽强的小草
在心田反复地繁茂
冬枯夏荣不屈不挠
原来静谧的心绪
硬是生生钻出缝隙
洒下慌乱的冰雹

总是想薅去那撮倔强的小草
回复尘归尘土归土的原貌
绿草如茵的点缀
固然恍惚生机跳跃
宁静心儿
在苍穹间仰天长啸

挣扎着薅掉夹杂心头的荒草
任由冷月将旷野笼罩
即使找寻不到生命的通道
静坐片刻休歇灵魂
等待云开雾散后的月色皎皎

薅草
薅草
薅去浮华洗尽尘埃
还菩提一个明镜
照亮心间那份荒凉的哀嚎

灯笼垸暮眺

胡长虹

莺飞草长又春分，愁里登楼送落曛。
渠水急喧前夜雨，菜花遥接北山云。
数家烟袅随风散，几处鸠啼隔岭闻。
放眼凭谁怜后土，尽教黄发事耕耘。

新疆白哈巴村庄

刘村夏日

刘合光

树摇蝉鸣迎归客，
辞都回省醉田乡。
濯足溪边观荷色，
牧牛山麓听涧响。
暮色霭霭炊烟起，
笛声悠悠夜曲扬。
乡老微醺扯闲事，
宵烛漫舞野芬芳。

红土之恋

——写给祁阳站60年来默默坚守扎根红土的几代科学家

张会民

您
在最美的韶华来到这里
多么希望
粮食丰收，农民幸福
您
筚路蓝缕，汗流四季
无怨无悔，不忧、亦不惧
几十冬夏，几番风雨
红丘变青山
稻花香里话丰年

六十华诞
现在，正是
绿色发展，再续新篇
然而
岁月无情，带走了青春容颜
但，您留下了，留下了
禾谷的芬芳、丰收的笑脸
您更留下了
继续前行不能忘却初心
因为，这才是您终生无悔的
红土之恋

野花的呼唤

邵佳佳

一片淡淡的粉紫色
在我脚边轻轻飘荡
轻轻地摘下一朵
又将它扔进花海中
静静地聆听

那也许
就是风给野花的答复

麦地里的乡愁

周步

我没有理由不歌颂他们
那些烈日下耕耘，汗水里收获
在泥土里息卧的，和土地相依为命的
我的血脉相连的亲人

他们宽大的手臂，粗糙，厚重，皲裂
一起一落，完成了一个千年的动作
勤劳和憨厚，让文字尽情地赞叹
愚昧和垢污，又遭到无可地奚落

他们是人类的基石
他们是国家的力量
他们的命运一贫如洗
他们的理想让人吃惊
他们微驼的背，肩负着生命和梦想
婴儿的健壮，新娘的风采

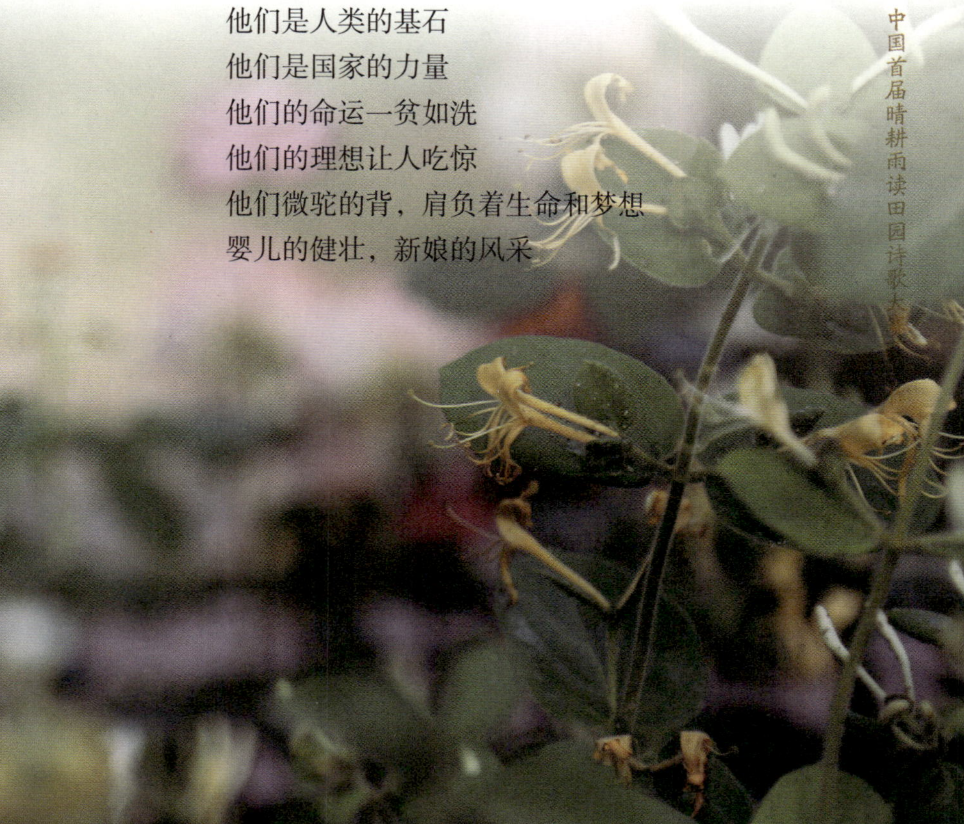

村庄

伍永恒

天空是潮湿的
初月，在把黑夜慢慢撕扯

鸡鸭鹅睡着了
马牛羊也睡着了
一排低矮的瓦房里，偶尔传来几声咳嗽
那是父亲在给牲口添夜草

村口长满青苔的门楼下
几只大黄狗在闪烁着刀子般的眼
它们是今夜这村里的王

村庄寂静
一个从村外小吃店回来的农人
酒醉的脚步，把夜幕踩得山响

黔东南黎平县肇兴侗寨

油菜花开了（外二首）

胡世远

我们在富有意义的田野奔跑
像一条溪流，在思乡的诗句里
你可以找到，好的春天
都有油菜花的味道

满脑子甜蜜的幻想
阳光追逐着蝴蝶，如同
我这些年远离故土，祈福
春天一切事物的美好

他们说，油菜花开了
通往幸福的路程，越来越近
我的睫毛动了一下，仿佛春风
唱起赞美的歌祝福悲伤
陷入衰老

他们说，油菜花开了
苍穹开阔，大片大片的
香气，经过我
经过如梦的炊烟、青草、孤独
和寂静
还有地下父亲的微笑

戒烟

我小的时候，父亲抽最便宜的烟

丰收九分，大铁桥一毛四，玉猫一毛九
渡江两毛八，团结四毛五……
这些我都记得
直到父亲七十三岁时
得了脑膜瘤，医生嘱咐不可以再抽烟了
打那以后，回到乡下的父亲
爱上了喝浓浓的茶
我看见他老人家
常常狠狠地喝上一大口，仿佛抽烟似的
又好像有很多话在往下咽
如今，父亲去了
那被一场大雪覆盖的村庄
还在我们中间

秘密

这是我必须明白的
春天，一次次叫醒我们
母亲的乳房是人间
饱满的种子

当风滑过
乡下土坯房的
缝隙，我的秘密
就藏在那里

许多年过去，母亲苍老
我不能陪在身边
老屋也听不到我的呼唤

油菜花开的时候，我在他乡
一只蓝色的蝴蝶，落在我的
眼前，宛若童年重现

羊之颂诗

李新峰

寂静时光里，羊从不关心身外事
吃青草，撒黑屎蛋蛋
像是在天底下下棋

泾渭分明的阡陌上
每一个点都告诉远方
这是故乡的位置

一位诵经的老人，扬着牧鞭说
这些大地上的神灵
像那些超度世人的圣哲：心怀慈念
流悲悯之泪

西藏牧场

种子

陈攀峰

两粒种子孕育在上个世纪
诗经化作太阳
楚辞变成月光
唐诗织出星斗
还有康桥和雨巷
化作天雨
纷纷天降

野草散发芳香

凤凰扇出涅槃凤凰……

一粒种子
冲破积压在头顶的
千年泥土
终于破土
雄浑、悠扬

你在泥土中便学会歌唱
我却被春风掷出土壤
风干的躯体
像凸凹的诗行
干瘪的双手
从此丧失强抓的欲望
只有微微跳动的心脏
还在黄昏的咯血中歌唱

你扎根土壤
破译着根絮的秘密
我却泄露了泥土的天机
逼迫流放
最终
倒在了泥土之上！

北京延庆柳沟村

风吹麦田

苏兴龙

晚风，在那片麦田上抚弦
麦香荡漾，你从小路缓缓走来
裙摆间，流水在抒情
风大些，你一阵惊羞
连落日也捂熄了

别担心，眼睛为你照亮
来，我这片心田
很快，茅屋又起炊烟
很快，水草丰美，鱼虾成群

阿婆

孙剑

阿婆 70 岁时在场院里学骑三轮车
大家围着看，边笑，边晒太阳

阿婆自己也笑，拉扯着大舅、二舅和我娘
还有阿公在酒壶茶壶里的路

二舅妈病故后，二舅开始打牌
表哥表妹跟着阿婆一点点生长

阿婆有时像现在客厅里的扫地机器人
有时像以前灶台里暖烘烘的干柴火

有天阿婆累了，枕头下还压着我给她的钱
村子空了
山上站满了青青黄黄的乡亲

曹家村人都说，她一辈子没吵过架、怨过谁
曹家村人都说，一棵樟树娘长在地里
就是这样

过良登村花卉种植场

谢沃初

嘉禾种罢种奇花，巧手田心织彩霞。
引得青山长顾盼，差来白鹭筑新家。

寻梦

丁建国

逸兴飞来寻梦行，
流云戏水亦多情。
群峰过处炊烟起，
一片红霞落晚亭。

与乡愁谈恋爱

毛雨松

牵起你的手
你如一帘秋雨落下的水滴
悄无声息
闪烁在你眼眸的秘密
是否隐藏着昨天的记忆
在你长长睫毛的眼神里
叙说着梦里芦苇荡的情丝万缕

土坯房的记忆
模糊又清晰
那一轮血红的日出日落
让山歌吆喝着，来来去去
挽起你的腰
我看到初恋时羞涩的你
甜蜜的唠叨，还有偶尔的小脾气
稻香麦浪里
你怎么一挥手，就不尽然地悄然隐去

霓虹灯亮起遮住日落西
五彩的烟花忘却了煤油灯的秘密
谁的墨笔遮住了
旧祠堂墙上密密麻麻的字迹
蒲公英纷飞起
穿越了你的寂寞

逼视着的沉默不敢再偎依

思念在眼眶，月光在发烫
乌桕叶迷路，影子在胸口晃荡
千里咫尺的距离用什么来解析
失去了会记得伤
放下了心防，却又挂肚牵肠
是不是该点燃一堆遗忘
把记忆通通烧光

春天里
我的狂妄，随你捆绑
用睥睨，打捞起的甲骨文
任你中伤

我的春天中的精灵

席立娜

没有哪次相遇可以准备
所有的绚烂就像昨天

我的前世的蝴蝶
我的春天中的精灵

我想用力爱你
我们共做一场荒芜的梦

我为你铺满了一千条走向我的路
我为你痴情了整片天空

你是我栖息的舞台
你使我生锈的灵魂感动和奔腾
我再也不愿打捞起昨天
因为你没收了我的心

我知道你是喜欢我的
所以才肯让你在我的花园中飞舞

人们说：每一只蝴蝶
从前都是一朵花的灵魂
我想：我在邂逅你时
真的寻到了一段清丽的爱情

看到你的微笑就是送我最昂贵的礼物
我将像火山爆发般为你燃烧

希望你在生命的每一个日出日落
蘸着情人的呢喃想着我
不要泪水，不要孤独，不要寂寞
披着金黄的色彩穿越永恒
为我吟唱飞扬

我的蝴蝶，我的春天里的精灵
飞累了就来我的天堂

黔东南黎平县肇兴侗寨

俺村的桃花源

原如锋

三月桃花哟
环绕着美丽的村庄
含笑艳放
引来蜜蜂在花丛中徜徉

叔叔伯伯兄弟姐妹
迎着朝阳
在桃树林中忙着摘花
为了仙桃丰收梳妆

城里的人
寻着花香
结伴来桃花源观光
放眼望，全是
粉嫩的海洋

桃花谢了
小小仙桃可劲成长
嫩绿的毛茸茸
满园透着舒畅
一个个穿上外衣随风起舞
枝头挂满了时装
辛勤耕耘迎来收获时节
绿叶中的大红桃让人眼亮

村民扶着压弯的桃枝
心里充满甜美的希望

啊，桃花源，桃花源
送来了财富和梦想
居住在仙境中的人们
生活幸福小康

葛梨树下·并不遥远的粮食（组诗）

谷柴

第一声雷

当那一声雷撕裂山谷平静的皱褶时
我正想着叶子在风中一片片老去
空荡荡的葛梨树顶着更空的天
父亲默不作声地蹲在墙角劈着柴火
劈柴的声音与雷鸣交织在一起
如光秃秃的枝头冒出星碎而翠绿的火花
一点一点地让我的张望充满了饱嗝
第二天一早起来，我学着父亲开始劈柴
在心灵的村庄里，将自己一瓣瓣解开
天下着细雨，柴里住着阳光和粮食

开向田野的窗

不知道，我在那里张望了多久了
远山微驼着背爬到云端又消失在云端
夜，就沿着田埂歪歪扭扭地来了
会不会与一盏灯相遇呢，会不会和粮食相遇呢
我在蛙声里尽情地描绘着我的想象
开向田野的窗是我在山谷里睁开的眼睛
风带来的消息都是清绿清绿的
父亲的鼾声都沾满了细碎的土颗粒
在一滴露水攀上新苗的额头时，我看见
粮食和光，牵手漫步在浩瀚无边的夜色里
我的沉睡和我的醒来渐渐模糊了界限

我还要赶路

立春后的第一场大雾，很真实地让许多事物
在我的视野里模糊，我看不清远山了

看不清栖居在远山里那些或喜或悲的脸庞了
这都不影响我作为一棵树或一粒尘埃的存在
我还要赶路，我还要赶在另一场大雾到来之前
把谷种系在村前那根枯瘦的腰带上

像系一匹日夜兼程的马，系一双离群的翅膀
让河水尽可能地如血液一样进驻它们的管脉
让流水的声音尽可能地多些温暖的色彩
让它们的骨骼都不会在异域的时空里孤独
让它们在山雨来时都能把所有的粮食颗粒归仓

稻子熟了

进入了九月，稻子就该渐渐地熟了
成片的金黄被山切割成一片片不规则的叶子
此时的父亲会把回乡的路看成一棵葛梨树
父亲的心跳基本合上了葛梨树叶跳落的节拍
一周才开始他就计划好周六乡下的活儿
把城里的阳台当成晒谷场不停地比画
然后在一根接着一根的香烟中把日子灰飞掉
当夕阳把金色的光点洒在缭绕的烟雾里
我能看见的是一粒粒稻子在父亲眼里纷飞
我能做的是在心底缝合两张熟悉的画面——
我站在二中校门口等着女儿放飞的翅膀
父亲站在田埂上等着我送去装谷的麻布袋

记　忆

——欣闻故乡山东夏津黄河故道古桑树群荣获“全球重要农业文化遗产”而作

王永武

记忆中煴热的黄沙
被母亲从炒锅里盛起
装入土布做成的襁褓
缠绕进童年的无邪
深深沁入稚嫩的肌肤
雕刻成鲁西北汉子倔强的性格
黄沙的温度
伴随终生

记忆中甘甜的桑葚
恰似母亲饱满的乳头
塞满嗷嗷待哺的口鼻
滋养着少年的羸弱
吮吸黄河故道馈赠的乳汁
感受先人们斗服沙龙的艰辛
鲜红的浆液
沸腾全身

记忆中蜿蜒的故道
仿佛母亲身上割不断的脐带
将两千两百年沉淀下来的养分
输送到青年的风华

壮行别乡游子的征途
连接千万里的乡情与乡愁
故道的牵挂
永绕心头
记忆中浩瀚的古桑林
多像母亲漂染的彩布
编织进斑驳失色的地球
点燃起中年的忧郁
聚焦全世界良知的目光
终将“全球重要农业文化遗产”的丰碑
植种夏津
生根发芽

河北张家口草原天路风光

泥土的倒影（组诗）

梅道文

雨中的柏拉图

有时下雨是下雨
有时下雨是下粮食
有时雨里两个人相遇
有时雨里终于分离
今天的雨除了把我
和我田野里的老相好们
带电的身体打湿
其他什么也没干
春作物已成熟
夏作物在灌浆
穹顶之下，穗粒之上
一个天使正边走边把自己脱光

一会走在雨前面，一会走在我前面
所有悲伤都在长肉
秋老虎温柔地咬住它的乳房
在农历六月的雨中，因为
大家都得用力地活，穷人的儿女
和富人的儿女，变得已经一样

晴明帖

淤泥先于雨水撑破了村里的池塘
臭蒲草乘势，赶紧又做回自己
公鸡和母鸡，从发热的粪堆上滚下来
到喜气洋洋的草垛旁，把好事给办了
到处
到处是轰轰烈烈花开的身影
到处都是微微作痒的寂寞春心
躲在半空中的云雀，嘴都要磨破了
它的叫声
却还没有把我喂饱
因为，没有你，春光已沦陷
花开，不再是一个好主意

泥土的倒影

我衰老时不会老无所依，泥土会扶住我
我走到哪，脚下的泥土就会跟到哪
如同细雨里冒出漫坡牛羊和
掌灯后涌来的床前儿女

他们个个莽撞，自得
轻巧翻过，一道道田埂霞光
从南风里摘下青烟缭绕的根须

在人间，我们已把青烟用成根须
把铜镜用作墓志铭
不再分辨埋葬落日还是埋葬娘亲
更把离别故园等同于就义服刑

“贵花、黑蛋、丰收、留年”
你等众兄妹且在此守候
年年坐等枯霜变荣雪
圆月殷勤，残月无辜

任它们照上：发肤山河般起伏
一颗颗少白头

轻轻斜靠老家的空山墙

乡村初夏（外一首）

唐本靖

起初，天那么蓝，是由万物中的多少
调和而成
羊齿科的植物，咬合阵阵南风
飞鸟发出迷路的呼喊

而后，日光暗下来，自行分割昏和晓
又是谁呢，放牧漫天五颜六色的羊群

小河西岸的五棵柳树
一同垂钓这个夏天

黄河口的傍晚
没有去过更远的地方
比如红地毯所极之处
一群大胆的野鸭，试图拍散夕阳

芦苇荡里，飞花互相谈心
一些云朵也忙于抒情，由白到黄，而至于深沉的红
远道而来的河水啊，是否还有下一个目标
远道而来的我突然变得陌生

而那些熟悉的村庄，依偎在路的怀抱里
此起彼伏的炊烟加深古典意象

只记得是秋天了
更多的概念像鱼群
隐匿于苍茫的河中，不，海中

没有去过更远的地方
太阳渐渐越过地平线
夜色缓缓开放

山茶花

那时候
契阔的甜来得轻松
在草质吸管中逆流而上

蜜蜂尚无妒意
它们挥动翅膀，与湖面粼粼的波光奏成和鸣
赤脚，在跌落的山茶叶上，从不担心失足
山茶树有时引诱我们
向高处爬，向更高处
那里无寒只有花
一些真诚的欢呼全部由茶耳接收
某个陌生的岔路口，被一次次铭记

往后多少年，我们相聚，我们也欢呼
而那些与山茶花有关的日子，和山茶花一并远去
就像，被凿掉一半的石头山
山下被淹掉一半的湖
只留下它们最坚强的部分

蛙 鸣

陈承保

蛙声荡开黑夜
穿透钢筋水泥铝合金
将无眠冲洗得
记忆一样干净

蛙声传达着阿娘的询问
阿娘说，收成还好么

我该怎样回答呵
阿娘，我没有好好干活
地里的蒿草荒芜得
像我所谓的事业
我一根一根拔除的
是日渐斑白的头发
直至把它拔成一颗
圆滑的卵石
在岁月的河流里
温润如玉

阿娘，我甚至没有播下种子
您教我的施肥
培土、灌溉、灭除害虫
我一样都没有用上
我种下的是一个一个僵硬的文字

在贫瘠的纸张上
它们生长不出玉米、花生、红薯
它们将田野的蛙声
变成汽车的喇叭声

一个媳妇
一间不点煤油灯的房子
阿娘，我享受着您理想的幸福
它们悬挂在后山的杧果树上
没有您的呵护
总在风中瑟缩发抖

蛙声飘然来到枕边
我伸手抓一把
温热，是阿娘的耳朵
装满青草和谷穗的芳香
这就是我最好的收成呵
阿娘
就是在您虚无的怀抱里
泪流满面

我的田园（组诗）

吴辰

初冬的草垛

终于沉静下来，像一朵蘑菇
矗立在晨风的凉薄里
给予我最细腻的回忆
陷入温软间，无法自拔
一团火，被故土悄悄地藏好

如若无言，没有人会知道
草垛的体内如此炙热
像少年那颗滚烫的心
像祖母盼归的眼
像一滴滴泪
沸腾在离别的光景边缘
沐浴在初冬的暖阳里，仰望
故乡的草垛，毋庸置疑
那是人世间最美的塔

石磙

石磙在故园的荒草间静默
静如处子，岁月只能在
它的体内小心翼翼地叫嚣
多么矛盾，就像一片雪花
纯洁的外表之下

还有许多无法言说的故事
太过沉重，经年累月的风
搬不动、移不走
它已成为村庄的重心
日月都向其倾斜
有那么一刻，我听见
清脆的碾谷声袭来
伴随着祖先的鞭响与吆喝
我拍拍石磙的脊背
就像轻拍一头
跑不动的老牛

残荷

夜幕将落日碾成了金粉
被风吹散的晚秋，一去不回的时光
浅水中倒伏的暮年
交织着隐秘的言语
清寂，犹如月光和星辉
无声无息的磅礴，向四围弥散
莲蓬垂得更低，折断的花茎
发出清脆的回音
荷叶像被遗落的油纸伞
或者陈旧的岁月
抱残守缺的光景，洋溢着枯零之美

这一池锈色，是季节最好的馈赠
她们耗尽一生的心血
才能站成这样的姿态

吹过巷口的风

王伟

那些吹过巷口的风悠然而过
此刻我看见一个失散多年的孩子
悄然站在你身后，这陡然而生的呀
不只是怀念，怅然和抖动的唇语

老屋就在巷口，斑驳的墙面上
投下我深深的影子
怀抱影子的老屋啊
我只是孤零零地立在你身后
身后是悠长的小巷石墙

和风一样走进又走出的人们
熟悉又陌生的场景，曾经我熟稔每一只瓦片
墙头上的仙人掌，躲在门楼下的小猫

光滑的石板路淌出水样的声响
风一暖就响彻不止的老河滩
下河担水的亲人或邻居
总是撵不过闪电般吹过巷口的风

我在南方以南的菜园

叶申仕

在南方以南，我有一畦菜园
四季的蔬菜都在冬天成熟
所有的泥土都埋葬着我一生的秘密

在某个读完童话的午后
也在一些清朗的早晨
你踏足我的菜园
你初见那一排豆角
藏着一粒粒饱满的，我的心事
我的脸庞，躲在苦瓜满身的皱纹里
你拔起一个洁白的萝卜
留下一个合身的，我的坑
绝不会是两个或者三个，甚至更多个坑
不像站在旁边的番茄，总是在一个枝头
开数朵花，结好多个果
还有那百无聊赖的扁豆，在更多的时候
只开花不结荚
像终身潜伏在地下的花生

我向蝴蝶借一段舞蹈，在你周身蹁跹
也问过一只勤劳的小蜜蜂
倘若播下一粒西芹的种子
来年是否能收获一棵惜情的你
角落里的喇叭花回答我说

如果撒下一片绝望的种子
就能结出希望的果实的话
以至于那一年
我放下了锄头
蚂蚁不搬家，蚯蚓也不松土
荒芜了藤蔓，疯长了杂草

离开菜园的时候，
你尽可以摘些豆角、番茄和花生
提一篮子走
但请把洁白的萝卜留下

风从很远的地方吹来
裹挟着你的消息
路过稻田、麦地、茶园和花海
菜园里所有的叶子都手舞足蹈起来
旁边的池塘被吹皱了面庞
关于你的一池记忆泛起涟漪

南方以南的菜园
一座篱笆围起的城
在城里，一个你头顶一片白色的森林
另一个你点亮一窗不成梦的烛火，照亮
这埋葬着我一生乡愁的
你的土地

五月的麦田

张海洋

五月的麦田
焦黄一片
倔强的老父亲
佝偻着身子到地头瞭望

麦粒正逐渐丰满
麦芒正更加张扬
灼热的空气里
有股让人窒息的紧张
父亲身上每一处肌肉
开始鼓动起来
似乎条件反射一样

当干热风吹来进攻的号声
父亲就是那冲锋的班长
在机器的彻夜轰鸣中
我们裸露着瘦弱的胸膛
在煎熬中妹妹忍住哭泣
我紧握着杈杆
灵魂游离于皎白的月亮

五月的麦田
苍黄一片
好像一张大饼
卷去了父亲最辉煌的乐章

乡村写意（组诗）

林哲

古桥

时光把跫音凝固成历史，
缓缓淌过弯弯的身躯。
仿佛大伯那被岁月压弯的脊背，
你默默与群山对饮流年似水。

古井

细细的水波是慈祥的浅笑，
在心田里婀娜成一块块温暖。
那是祖父深情的眼眸，
脉脉守望故乡的红土地。

古居

鹅卵石路穿过童年，
慵懒阳光彳亍于飞甍和天井。
八仙桌旁老妪的微笑，
折射出年年岁岁的琉璃。

古茶

袅袅热气是村子深情款款的呼吸，
水光山色在蛙声茶韵里静静流淌。
粗瓷碗里盛满世世代代的温情，
欢饮满满一壶的浓浓眷恋。

冬水田

郑立

谁藏了我冬天的镜子
一群鱼虾的唇喋，在我的梦境
扯出一段灰粼粼的天空
擦拭了一把冷汗

一群鸭鹅的干涩
在蓬头垢面的乡村，被尘土
洗得跟冬天一样空阔
推开了一扇柴扉

一群鹤鹭的眼睛
穿越在荒芜的流云
被乡村赋形的冬水，涌向天河
唤出了一片古意

不知不觉地被割去了肝
稀里糊涂地被掏空了肺
被最亲的人一尺一寸地撕裂
在幸福的想象里开着苦难的花朵

被人心涵养的命运
被科学点读的前途
走出冬水逢春的热望
在乡村的五月切开农业的疼痛

冬水田，一个辛酸的童话
被最亲的人一针一线地缝补
迎迓夏天的翡翠
收割秋天的黄金

油菜花打开了虚掩大门的故乡

荆升文

一

一眼望不到边的娇女方阵
醉倒春光一大片

这芳香的黄金色泽
引得蝴蝶和蜜蜂，夜夜失眠

多少人和我一样
佯装不喜蜂飞蝶舞

留影的女孩
在花丛里一声惊呼
多少君子，猛地推开了
虚掩着大门的故乡

二

这一层一层的黄
这一波一波的黄
这一朵一朵的笑脸
这一捧一捧的芳香

田野是一个剧院
每一朵油菜花都是
土腔土调的歌手啊
每一声都准确地点在了
哥哥和娇妹儿的心上

三

没有见过微笑的油菜花
你不知道什么是真正的黄

花是黄的，空气是黄的
微笑是黄的，阳光是黄的

我的情人，端坐在花朵的中央
那些翩翩起舞的蝴蝶
每一只都携带着我的多情
叩开了一个又一个春天的门窗

在浓江农场，我看见稻田版的天鹅湖

金彪

在浓江农场，再匆忙的春风也会停下来
这是白天鹅脱口而出的第一行
一见钟情的小江南，让所有的投奔都具诗情画意
从典集里走出来的水稻，优雅如众仙
点白雾茫茫，蘸波光粼粼
一笔写意，一笔工笔
晕开黑土地上肥沃的朝阳，摇动万羽来贺的光线
参差鸟鸣花香，壮阔农场百万稻海的简约和静美

白天鹅毕竟具有诗人气质
吟出的每一句诗，都饱满着从未有过的分量
一句长的，落在稻海
一句短的，铺进河湾
不长不短的，拐进草丛，汹涌春天
那一句交颈的悄悄话，凸现鲜活的古意
此刻，她们是自由自在的舞者

稻田版的天鹅湖，刮起百万亩美学风暴
闪展腾挪的高贵，挤挤挨挨的剧情
在一望无际的蓝里，以明快的洁白点燃
看呆的我，被白天鹅的舞姿安逸成了另一行
而这些都和爱与被爱有关
且被提炼成原生态的乡愁

装枕在十佳宜居农垦城的封面上

朋友，如果你在秋天来
会看见清高的白云也放下了身段
稻海无忧无虑的金黄，稻田版的天鹅湖方兴未艾
秋天的才华，依然被圣洁的羽翼托举
夕阳晕染的小城镇，诗经密密匝匝
平仄庞大静谧的光阴
和我一样发呆的你，早已醉成乡愁里的标点
忘归的样子，被白天鹅提着奔走相告
此情此景，怎一个美字了得

临走的时候，一只白天鹅掠过我肩头
让我的羞愧之心突然而至
三秒钟之后，我卡在了他人的镜头里
成为永恒

植物园

张后

植物园里有许多花
许多草
有的我认识
有的我不认识
以前我以为
我认识很多花
很多草

现在我知道了
我不认识的花和草
多过我认识的花和草
一如我不认识的人
多过我所认识的
我能够认识的
就那么几个人
几株花几棵草

最后的篾匠

陈华东

这双布满老茧的手
曾经为无数的竹子解剖
一条条篾片
柔顺而乖巧
在指间飞舞

拨弄它们
像拨弄琴弦
每天的工作
都是在弹奏美妙无声的乐曲
谷箩、楠门、簸箕、提篮
全村所有人家的竹器
都是你一手编制
那时，这是一门多么令人羡慕的手艺
谁能想到，几十年过去
如今，空寂的村庄里
最后的留守者已八十高龄
且背不动犁耙
稻田多已荒芜、菜地长满野草
墙角被青苔覆盖
曾经锋利无比的篾刀
已收起多时
这双手已多年不织篾
而被迫与那些水泥沙砾

这些城市里的势利之徒为伍
偶尔回村

发现自己早年时亲手织下的物品——
那些金黄的篾器
像一朵朵凋谢的花一般
躺在冷清的人家门前的水沟边
回到自己的老屋
堂屋的墙上悬挂着一个旧簸箕
地上剩存着一担旧谷箩
村庄最后的篾匠
深情地抚摸着最后的篾器
此刻
你们像八拜之交的兄弟一般
不需要言语
便能体会对方的那份难舍难分之情

母亲庄园

马新宝

大风狂沙吹走了你多少个岁月
寒霜白雪又增添了你多少缕华发
隔着大地、老屋、庄园，我怀念
用黄河上游的奔流夹杂我的呼唤
咆哮在母亲庄园的每一粒土地间

颤抖的庄园闪耀着谷物的光芒
天涯的游子在漫天的落叶与霞光中
无限一地的怀念
怀念母亲庄园
怀念五谷回望的眼神

庄稼、皱纹、华发在庄园的上空
永恒母亲为生命的咏叹，为爱的守望
此时在我的身上将出现

母亲庄园真正的诗篇

美丽乡村（组诗）

杨从彪

乡场写意

街头摆着甜甜的烤薯
香了鲜嫩的乡场

一把把健康的野菜风光了市面
人们抢购原始本色
反刍百年前的风景，品尝野味

街道狭窄而喧哗
寂静是奢侈的音乐

小雨淋湿乡场的睫毛
绿色，微笑着百姓幸福

集市

经过提炼的夏天
在果汁里变甜

国光像太阳的红脸
香蕉像新鲜的蜜罐

我欣喜地选购一篮

可还满足不了贪婪

秤杆儿翘起尾巴
秤砣难把鲜鱼压下

喂，先生
尽情地选吧

我抓条蹦得最高的鱼
提走一串佳话

在溪口

站在溪口，想那段路
你走得漫长而艰难

初春的远行，在途中
大约无人拍你的肩
而这个季节
雨水很多，打湿了你会说话的眼睛

在溪口一隅的那一瞬
浅红不再炫耀美丽的风情

花心里的幻想交织着宁静的内核
纸，叠不出诱人的清香
你说有了时空概念，美便走进衰老

山乡相思鸟

山乡的晚霞涂抹黄昏
你打工走了，相思擦黑傍晚
诞生了招财进宝的命名

集聚羞涩的彩云，蕴含激情雷电
你把爱情锁在
我们沉寂的共同家园

我知道你在期望什么
亮丽倩影飞扬突如其来的雪
落下了一地崭新日历

黔东南三都水族自治县厦蓉高速大桥

余村的故事（外一首）

李浔

通向浙西天目山主峰的路上
余村，是一段山路、一条小溪
更像的是一支源远流长地唱给绿水青山的山歌

余村人都知道，前些年
他们为了致富，砍挖了树，还炸开了山
他们吃起了子孙饭
曾经诗画中的余村，飞沙走石穷山恶水

余村人还记得，2005 年 8 月的一天
习书记来了，他来得那么及时，他讲得那么实在
他是那么耐心，每一字，每一句话，都是那么深情
“要留得青山在，才能有柴烧”
他说，“绿水青山就是金山银山”
他的话，像一株株树芽点醒了春天，又绿遍了余村

余村醒了，余村笑了，余村的每一株树又有了新芽
这里的白茶、青竹、干果
它们，曾被诗人采进过唐诗、宋词
它们，如今更是根深叶茂，硕果累累
是的，青山不老，养山富山，常青树就是摇钱树
“卖石头”的村庄如今在“卖风景”
余村，一条条小溪绕村而过
一座座青山成了余村人致富最大的靠山

如今的余村，青枝绿叶般的日子
村头的牵牛花，爬在鸡鸣的高处欢唱
村后的那片竹林，绿得有点多情，连远方的朋友
也在这里窃窃私语
茶香爬满山坡，板栗已经结果
农家乐的灶头上，一个丰字写得又肥又大

千年的守望，只为了青山不老
来余村走走吧，品品高山茶，听听新唱腔
大碗茶已上桌
一幕美丽乡村的新剧沿着盘山公路走向高潮。

油菜花开

燕语，刚悄悄飞上枝头
是谁，便让玉山绿成了一片汪洋
蛙鼓，才轻轻泅过三月的黄昏
是谁，便让那橘黄的小小灯笼挂满了玉山

遥望，那十万朵生动的脸庞
真不知，谁才是我今生的新娘
只是，一不小心便跌进了她们的方阵
走着走着，我便丢了自己
仿佛一只初进草原的羔羊
望着满目的金黄，却有说不出的心慌

就这样
一嘟噜，一嘟噜的黄花花
把玉山人的日子，托举得辽远而空旷
默默地，望着被她们送远的河流

我只想，多待会儿
总觉得，似乎会有些什么
发生在下一刻的某个地方

麦思

张慧慧

金麦碧浪遥向远方
泥苑清香安于故乡
泥耕耕，麦扬扬
越冬寒，历春干
农夫心系麦苗
盼麦芒护金黄
天长长，地茫茫
破晓天，踏埂田
农子登科高麦芒
牵乡舍瓦解多艰
满粮仓，喜眉梢
麦季了，娃子笑

晨露晚霞伴衣裳
景秀独佳美如家

月之心曲

冯秀兰

夕阳
瘦成一弯清月
透过
摇曳婆娑的柳枝
用一缕
穿越亘古的清辉
轻抚你的脸颊

我读得懂
你闭起的双眼
含满的温情
还有树影斑驳的月光下
你洒落一地的
一腔柔情

是你吗
借着朦胧的夜色
把心事谱成一首月光曲
任无数异乡的孤旅
用心唱起
把每一个相思的音符
倾情打包
特快专递

微凉的秋风中

是你在独自轻舞吗
伴蛐蛐的合奏
和雁阵的节拍
把飞舞的霓裳缀成点点
星光
把万家灯火里的故事
编辑排版
遥遥传送

河北怀来千亩杏花园夕照

油菜花

陈好

金黄的
一瓣又一瓣地摇晃
像聚集在地上的光
慢慢地扩散

父亲站着，也不知道要干什么
只是，无忧无虑
自由自在

像一阵风
为他伴奏
慢慢地
一起消失

栽种春天

袁伟

在此之前，先得
借助铁铧让酣睡的土壤翻身
用耙子，安抚凹凸不平
当然，这些工序都得在水中进行
只有水的柔情，才能使得五行调和
文汇路校区的实验田，似乎
具有某种神奇而独特的吸引力
它总能在缺少生机的季节请来春天
水稻、麦子，玉米……都是它
根据不同物候精心书写并派出的请柬
我在立夏后的田里栽种春光
如你所见，一根长绳横贯其间
像一把刻度尺，它在丈量株距的同时
也顺便检验我们对待劳作的态度
我们在绳子前站成一排，谦恭、虔诚
每栽下一株秧苗，就给土地鞠一躬

故乡的稻花(外二首)

吕春生

绿皮火车和我一起，越过了千里黄河
对着窗外一闪而过的村庄
深深的思念，像鸟儿一样向我涌来

故乡的稻花，总是在七月的早晨就开放
不知道它们为什么不像别的花那样
穿越时光的迷茫，在大地上

父亲眼里，夏天可以没有蝴蝶，蜻蜓
但不能有一片泛香的稻花
一条奔涌的松花江水，喂养着大片
泛着绿，发着香的万顷粮良田
喂养着，觅食的麻雀和乌鸦

生命

我没有能离开你的源头
但我看见你的广袤，流水匆匆
大小不一的田埂，自上而下
被水流循环着穿透

我还记得，春天的一场大雨
我像一朵炸开绿色头发的稻苗
站在温软的稻田里
长发如一丛丛背负的希望
一群和我同样的女人

站在水波中，她们的手上
一棵棵稻苗，正以飞奔的形式
跳入水中
这纤弱的梦
像母亲的手，温柔地穿越我的血管
大地、蚁群、和鸟鸣

我摊开长满老茧的双手
稻田就摊开一片片绿色的腰身
我把一束束稻苗插进水中
那一半在水上，一半在水下的秧苗
必将在秋天后
挂满丰腴的韵脚

黑土地

阳光顺着三伏，把一切热晒成泡沫
也同样把我引入飘香的黑土地
风早已不再是风
最起码在立秋这天
那些偾张的希望，为一片金黄饱满的稻田
停留在老柳树上互相对望

我想起母亲，她脸上总是开出的花朵
在故乡，肥沃的黑土接纳了一个旅人的低语

而今夜，我就要与一地的牛羊
在金黄饱满的稻田边
或动情簇拥，或翩翩起舞

故乡六月的麦子

张杰

西夏国城池的遗址
讲述着成吉思汗西征的故事
一阵微风送去凉爽惬意和麦香
便再也听不到那遗址
忧伤而又委婉的叹息

当麦子的锋芒刺破黎明
却听不到喔喔叫的公鸡打鸣
告别寂静的五更
看不到坡上的牛羊
一边吃草一边数着，吃了几颗
还没来得及升华的星星

一些院落里痴呆的手扶拖拉机
还有缄默不语的农具
在齐腰高的蒿草里
纳凉，聊天，酣睡，说着呓语
每到晚上
自编自导自演《聊斋》

再过一个月麦子就要分娩
它看不到乡亲们杀猪宰羊
祈祷七月的虔诚
听不到雷声人声拖拉机声一直轰鸣
七月的兴奋

它记得，乡亲们往手上吐一下吐沫
转一转那把表示决心和意志的镰刀
然后用手指与刀刃默默许下诺言
整个麦地流淌着金子
所有的人都弯下腰，向大地向麦子致敬
然后虔诚地采集
七月的汗水

抚摩着七月的饱满
太阳绽开一年四季最热烈的花朵
联合收割机声音激动，两眼熬得通红
撂倒一茬又一茬昨天的记忆
只有依然疯长的乡愁
在田边地角默默盛开着喇叭花，看七月
收获一种新的内涵

黔东南黎平县少寨红军桥

果研荣光

何文上

坚守科学的理想，传承先辈的荣光
牢记使命召唤，不忘初心的力量
接力奋斗勇攀高峰，谱写顶天立地的篇章
啊，果研开拓；啊，我们自强
面向世界科技前沿，扛起时代责任担当
潜心研究结出硕果，大力协同引领方向
啊，我们执着；啊，我们成长

紧密对接产业需求，扎根基层播种希望
示范推广建成高地，突出特色果业更强
啊，我们前进；啊，果研昂扬
优化组合技术集成，把论文写在大地上
追求卓越强化支撑，乡村振兴再创辉煌
乡村振兴再创辉煌

那些卑微的花儿

李金龙

早晨醒来
脑袋离开了地平
好奇的眸子
在原野上游走
高的树，低的草
花儿，在草树之间

文明在时代里裂变
光滑的石头砌满了
它们的原野
高的是坚石
低的是固沙
欲望在沙石之间失去了欲望

谁在锦树繁花世界
低下谦和的头看
那些卑微的花儿
从此没有了睡眠
在春天的蠢蠢欲念里举着
小小的生殖器官
假装开放
在交错的路，在重叠的墙之间
玉露天泽，生死未卜

想起曾经在原野
也穿一件黑色的外衣
在松软的黄土上
踩死几只蚂蚁
还有许多卑微的花朵

乡居

李开锋

蓝天是这里的屋顶
白云是这里的窗花

流水潺潺，是照月的镜子
野花遍地，是草丛里散落的星星

鸟飞到这里筑巢
鱼游到这里安家

在这里，鸟鸣花开
如歌，青山绿水如画

安逸的生活，像天堂
像白云悠悠飘在天上……

麦田里的小屋

朱世杰

一棵麦子
在父亲轻捻着的掌心
露出锋芒下饱满的肌肉
铜色的皮肤顷刻间将成熟的姿态点亮

麦子熟了，一阵又一阵的晚风
带来了远方轰隆的机鸣
收到信号的人们在起镰的当晚
住进了麦田里的小屋

红色的砖瓦搭成麦浪的城堡
城堡里面游走有朴实的农夫
一角的断壁好像咬去半口的烙饼
风干的瞬间被主人任命成守候

咬几口馒头，灌几口凉水
五六点钟的太阳再次被父亲甩在身后
抹嘴间的功夫，镰刀、草帽
已在熟练的指挥下走马上任

如针的麦芒多么像个叛逆的孩子
虽然不开心的时候哭过、闹过
但当亲近血脉靠近时
总会想着回家

七律·重阳赏菊念故（外一首）

陈相国

秋菊临风花蝶采，
暗香拂面就东篱。
蕊红掩媚芳心动，
叶翠含羞醉梦痴。
书圣挥毫传古韵，
陶令把酒赋新诗。
重阳夜里逍遥客，
水阔山高念宋词。

江城子 · 冬至煮酒寂寥

寒风送月上梅梢。
雪闲飘，路萧条。
煮酒吟诗，浅醉思难消。
还记梨香初有意，
青涩涩，美娇娇。

佳期昨日看今朝。
恰年韶，梦逍遥。
豪气凌云，缱绻意惆寥。
欲把九天星汉揽，
冬至夜，问刘曹。

一树桃花

童紫晖

女孩每天都在家里
本该上学的年纪
不看书不学习也不说话
唯一的爱好就剩发呆 画画
桌子、椅子、床、甚至枕头
都注入笔下
整个世界，已经没什么可画了

一个雨后的清晨
一股若有若无
泥土的芳香
鲜花的清香
络绎而来

女孩，推开窗子
一树桃花
灿烂在枝头
花朵簇拥，如梦如幻
女孩笑了
两行清泪缓缓流下
她已很久没有笑过了

自从父亲弃家而去
自从被同学无意中揭了家丑

她就把自己像蛹一样层层包裹
如同进入冬眠
浑然不知
时间的脚步已走进春天
为她绽放出一树桃花

女孩打开了门
她已经 101 天没有出门了
小心翼翼，脚步轻轻
走到桃树下
走进田野里
轻轻，张开了双臂

燕子呢喃，小草萌芽
蝶飞蜂舞，花香十里

陶醉在春风里
沐浴在阳光下
一缕轻柔的风掠过面颊
心灵的尘埃 荡然而去
笑看，为她灿烂成整个世界的
一树桃花
女孩
顿时化蛹成蝶
心与梦想一起
向着远方，飞翔

那人的雨水(组诗)

谭红林

风

女人的舌头
咬得春天流了一地
桃红

岸

河水的肩膀
扛起了远方的六月
一树依依的情话

月

千年前的旧灯笼
总是擦拭的那么新鲜
把约会的细节贴膜

楼

谁手中的长湖笔
悬挂在城市不寐的案头
写下一行行繁华的飞白

女人

生活咖啡中

的糖球　一直冲不走沉重
的苦涩　杯边总留下
甜蜜的欲望

那人　夏天里的一帘雨水

故事的脚步来得快
走得狠心带走一湖鱼的向往
只留下寂寞的
气泡在低头吸烟

鹧鸪天·观孟津万亩荷塘（新韵）

周军

经雨荷塘空气新，渔村晚景更销魂。
波摇碧伞银珠颤，客取莲蓬惊水禽。
云脚浅，藕花深，沿堤斜照绣罗裙。
隔河广厦抽新笋，鸥鹭沙滩相与亲。

山色·远山

方刚

更远处还是山，深黛色或者浅蓝色
一座一座耸立，像森林，像波涛，像栅栏

高而远的山峰是一种召唤
让人想到山后看个究竟

孩子们走不了多远的路
就对着远山喊——有人吗

有人吗——回音袅袅
孩子们确信，很多人在喊着自己

等到长大些，他们就会明白
从对面看，这里也是远山

也像森林，像波涛，像栅栏

栖居在诗画里的乡下

姜利晓

泛黄的族谱
是我在乡下的根
线装的外表
留住的是一截古典的时光

泥土做成的小路
依旧是那么柔软
泥泞，或坎坷
都是刻进游子心中最深的记忆

犬吠和鸡鸣
最熟悉的乡音
晚归的牛羊
蹄子踏出炊烟的样子

太阳透过老树
投下斑驳的光芒
岁月在老土墙上
一老再老
推开咿咿呀呀的柴门
一段记忆
就被瞬间推开
陈年的月光
总能酿造出最古典的乡愁
站在原处
等待着一只只候鸟的回转

江南古镇

何海波

江南古镇，道路，从古到今铺的都是青石板
拒绝混凝土和吸水砖
不要花岗岩和轿车后八轮碾过的
现代文明，这些昂贵的痕迹

江南古镇街边的树，参天高大
树干苍劲枝繁叶茂
人和楼房，矮它三分

允许霓虹灯做古镇旗袍上的
纽扣，或者花边
允许高楼大厦站在古镇太师椅旁
打扇，或者沏茶倒水

但，绝对抢不了江南古镇的
——风头

乡村词典

路志宽

阡陌
细长的阡陌
长过村头的古树
长过先人的姓氏

纵横交错，曲折迂回
盘绕成一只羊的肠子
却始终根相连

会蠕动的阡陌
动一下，小村就春暖花开
再动一下，小村就秋色满园了

打开阡陌的扉页
你会看到肩挑的星星
磨亮的月亮般的镰刀，以及滴落的汗水

阡陌无语，为村庄输送营养
输送一茬茬的生命
还将会把我的灵魂输送到一个最终的归宿

六月的雨

康承佳

六月的雨，已经入土为安
只留下空疏，寂寥，湿热
以及不善言辞的我们

似乎一场雨有甚于疾病，一种痛感
早已上身，雨，依旧在人世间
以湖水，植被，兽群
以及不善流泪的我们

多年来雨水远比我们骨骼清澈
我相信，它俯身而碎的悲愤与洁白
我们终将因袭雨的名义而活着
醒来，窗外一场雪在等

乡　愁

欧阳银坤

夜幕下
山，沉沉地睡去
月，偷偷地挂到山头
在夜黑如墨的衬托下
月，晶莹剔透，一闪一闪的，恰似无瑕的美玉
星，天真无邪，一眨一眨的，好似顽童的眼睛

新春的月哟
洁似冰轮，美如玉盘
在浩瀚飘渺的苍穹中
散发出淡淡的、蒙蒙的光晕
萤光般的月色
像流水一样充塞着整个天地
蓦然间
世界也变得通透空灵起来
夜色中，春风意雅，薄雾氤氲……
晚风吹拂在脸上
有些冰冰的、凉凉的
让人倍感惬意
面对此情此景
我猜想
月宫中的嫦娥也该思乡了吧
不信
天边划过的几颗流星，肯定是她思乡的眼泪

绕着曲曲折折的山路
我漫步于竹林下，树林旁……
月光渗透过修竹、丛林……
如水般地拂照到地面上
斑斑驳驳、星星点点的
恰似一幅幅巧夺天工的抽象水墨画
是那样的自然、质朴、美丽和绝妙
简直匠心独具、让人难以言表
这时
不得不让我倾慕起大自然的鬼斧神工来

不知什么时候
周围弥漫起沁人心脾的兰花芳香
渗透在雾气里，夹杂在淡淡的月光之中
好香、好纯、好清新
久久让我遐思、久久让我陶醉、久久地让我忘情……
但这所有的一切
都将随着时间的流逝
在冥冥的夜色中渐渐淡去
直至消失
最后
只剩下我独自一人在苍茫的天地间潜行
显得何其孤单、何其渺小，何其无助、何其卑微……
这时
我才明白和理解了
唯心主义只不过是人类自我解嘲的夜郎自大罢了

望着铁脊似的山

月光像幽灵一样穿梭在崇山峻岭之间
若隐若现的
好像瞌睡人的眼
远处闪烁摇曳的亮点
让人早已分不清是灯光还是星光
黑的是山、是树、是竹……
亮的是灯、是水、是星
它们点缀着春的迷离
共同营造着夜的梦境
显得有几分悠远、清雅和神秘
独倚窗前
让春风为我撩起无尽的思绪
淡淡的，像一杯清水
浓浓的，像一杯咖啡
看着看着
我心中涌起了莫名的伤悲
酸酸的、涩涩的，不知是思念、还是忧愁
在茫茫的天际之中
我只能静静地倾听夜色的呼唤
小心收藏难忘的乡愁
月下漫步低头吟
举杯作高歌
来来来，邀明月畅饮，与之同醉
请请请，约清风干杯，与之共舞
到最后
麻醉的是灵魂，伤透的却是身心
今晚
注定是一个不眠之夜
伴着月影、枕着青山

带着月色一般美丽清凉的梦境
还是难以入睡
谁说
一醉解忧愁，忧还忧，愁还是愁

借着月光，乘着酒兴
画明月两轮
一轮放在空中，一轮放在心头
任岁月消逝，大江东流
让春风为我捎去如水的思念
送给我远方的亲人和朋友……告诉他们
我心中的无限乡愁

我有两个母亲

包逢祺

小的时候
奶奶对我说
我有两个母亲
一个是生我养我的母亲
一个是繁荣富强的祖国
长大后
奶奶对我说
我还是有两个母亲
一个是生我养我的母亲
一个是繁荣富强的祖国
我有两个母亲
一个给予我生命
一个给予我荣耀
我为有这样的两个母亲而感到自豪

农家乐

寇远亮

桃李傍荆扉，农妇望夫归
手作遮阳棚，邻耕有答声
夫随荷锄至，掸土躬身迎
斟茶院中歇，儿奔淘撒泼
妻搀公婆到，佳肴端上桌
望子心自喜，含笑对夫坐
把酒论丰年，逗儿朝天乐

黔东南黎平县肇兴侗寨

晏场即景

刘江岳

积雨轻抽远足宜，晏场道曲景称奇。
隔溪舍隐山环绕，临水花香竹护持。
借得村桥通翠谷，拈来画意赋新诗。
一弯转罢千弯接，途伴流云啭鸟随。

上元夜在滨城北

孙鲁梅

轻愁十里爆竹声，城北疏风望月明。
几处烟花添秀色，一轮桂魄入瑶觥。
红尘不老难寻醉，素意无华愿问情。
对影成双堪诉寄，调词听韵等春生。

画堂春·秋游瑶村拾韵

费自平

舟闲河畔竹依依，菊花流韵东篱。
小楼斜枕半山围，柿柚盈枝。
紫薯红椒青韭，瑶姑采在村西。
回眸笑脸对余晖，似饮新醅。

春日归乡

曹杰

野花涵露水涵烟，脉脉熏风四月天。
山鸟不惊迎客到，子规声出旧桑田。

卖菜老农

张立芳

小园种菜忆年轻，卖到街头珠露莹。
最喜市民夸绿色，天天收获好心情。

南乡子·科技绘春图

袁桂荣

薄地叹荒芜，展现未来看秀姝。
十载寒窗成一梦，村姑，再读田园这卷书。
科技绘春图，间作农桑又养猪。
新版桃源由我画，唏嘘，陶令南山恐不如。

深山采茶女

张之楷

红衣绿树云中隐，碧蕾青芽雾里香。
采下满篮春色秀，连心带叶寄阿郎。

乡梦

刘俊

青山深处有农田，油菜清芬雨细绵。
梦里回乡经此过，孩童树下荡秋千。

油菜花海

陈忠仁

一遇东风接踵开，盛装只为报春来。
误将笔墨山川泼，恰似田畴锦绣裁。
青鸟飞过怜翅羽，素娥迷入忘蓬莱。
无边花海万千亩，俱是农家妙手栽。

童趣

李海霞

帘外倏然传旧腔，步随心动急推窗。
衔泥燕子飞檐下，竟是前年那一双。

过桐乡乌镇

叶兆辉

吴越山河俱莽苍，一篙渌水到桐乡。
歌随欸乃摇千载，影泛楼台印万霜。
鱼米尚闻推富庶，丝绸犹见闪辉光。
忘机若许隐乌镇，茗坐晨昏看海桑。

山中作

朱永礼

清溪作管弦，夕彩叠花笺。
古木三分地，危峰一线天。
萌羊趋马后，巧燕戏人前。
小憩红尘外，安闲不羡仙。

种麦谣

贾来天

塘边种麦雨频催，不觉云红日已回。
鲤戏鳞波离岸去，鹊衔弯月上枝来。
犁开希望藏沟垄，播下欢欣挂脸腮。
衣湿风寒心底热，粮丰仓满烫三杯！

访蒋庙诗友朱义红先生有得

刘杰

莲风荷韵满庭芳，绿树依依沐夏阳。
暗沁文心初点赞，新留墨宝永珍藏。
茶香酒好村情厚，藕嫩鱼肥厨艺强。
席上言欢多雅事，琼浆入口解诗囊。

巡林

陈加容

薄雾苍松翠，芳泥碧草深。
林间甘露滴，情韵满衣襟。

乡村清明

王薇

苔痕轻锁梦深长，流水松边尽日凉。
野雀凄清幽壑里，春来唯有古梅香。

七律·春归（新韵）

李致忠

余寒未尽柳烟浓，已见春归脚步声。
雨润尧天农事早，犁开舜壤马蹄轻。
一川汗淌随心绿，满面霞飞映日红。
种地人家织梦景，芳香遍野入怀中。

七绝·南繁杂交授粉

李翰文

满怀风露醉流霞，闲看青山数稻花。
蕊动香飘云水处，好将春意送天涯。